옥류동, 달과정원

옥류동, 달과정원

2025년 8월 23일 초판 1쇄 펴냄

지은이 오미자
펴낸이 문주희
펴낸곳 흰빛
전화 (02) 733-1493
팩스 (0504) 388-3780
이메일 stju7@naver.com
출판등록 2017년 5월 15일 제2017-000066호
주소 (03033) 서울시 종로구 필운대로9가길 22-16 지층 02호

교정 봄날
디자인 디자인 지폴리
그림 Generative Artist 더붓, 한솔

ISBN 979-11-975545-2-0 03810

* 이 책의 내용을 재사용하려면 흰빛출판사의 서면 동의를 받아야 합니다.

값 18,000원

옥류동, 달과정원

오미자 지음

흰빛
WBOOK.LIFE

흰빛문고 마이북 시리즈를 여는 첫 책,
『옥류동, 달과정원』

서촌에서는 누구나
작가가 될 수 있습니다.

한 걸음, 한 문장, 그리고 한 권의 책.

서울 서촌은 고요한 자연, 오래된 시간, 예술의 숨결이 공존하는 동네입니다.
이곳을 걸으면, 바쁜 일상의 소음이 잦아들고 마음속 깊이 잠들어 있던 '나의 이야기'가 깨어납니다.

흰빛문고는 '서촌에서는 누구나 작가'가 될 수 있다는 믿음에서 출발합니다.
우리는 특별한 글쓰기 능력보다, 진심을 담아 나를 표현하고 싶은 마음을 더 소중하게 여깁니다.

그래서 흰빛문고는 누구나 자신의 이야기를 쓰고, 그것이 한 권의 책으로 완성되는 마이북 시리즈를 시작합니다.

『옥류동, 달과정원』은 그 첫 번째 책입니다.

이 책은 서촌의 실제 공간들과 내면의 감정 여정이 겹쳐지는 이야기로, 한 사람이 기억을 돌아보고 감정을 꺼내어 자기다움을 회복해가는 과정을 담고 있습니다.

달빛이 비추는 정원에서,
지나간 관계 속에서,
그리고 부엉이 인형과의 조용한 대화 속에서,
이야기의 주인공들은 우리 모두의 모습을 닮아 있습니다.

이 책을 펼치는 순간, 독자 여러분도 작가로의 여정을 시작하게 됩니다. 마이북 시리즈는 단순히 누군가의 책을 읽는 것이 아니라, '나의 문장'을 써보고 싶은 마음을 깨우는 창작의 씨앗이 되길 바랍니다.

다음 마이북은 바로 당신의 이야기일지도 모릅니다.
흰빛문고는 당신의 첫 문장을 응원합니다.

흰빛문고 마이북 시리즈를 여는 첫 책,
『옥류동, 달과정원』

『옥류동, 달과정원』을 여는 당신께

   서울 서촌, 인왕산 자락 아래 옥류동 각자바위 곁에 아주 특별한 장소가 있습니다.

   그곳은 '달과정원'이라 불리는 작은 복합문화공간으로, 자연과 도시가 맞닿는 자리에서 사람들의 기억과 감정, 관계를 조용히 품고 있는 곳입니다.
『옥류동, 달과정원』은 이 공간을 중심으로 펼쳐지는 이야기입니다.

   달빛이 정원을 감싸고, 사람들의 마음이 오고 가는 그곳에서 두 주인공, 윤서와 지후가 만나 서로의 삶을 들여다보며 사랑과 치유, 회복의 여정을 시작합니다.

   이 이야기 속에는 다섯 마리의 부엉이 인형,

IN-GOK MONSTERS

  '인곡', '밤비', '솔밤', '구름', '오울트론'이라는 이름의 작은 친구들이 등장합니다. 이들은 단순한 인형이 아닌, 주인공들의 내면을 비추고 삶의 질문들에 작은 위로와 통찰을 건네는 상징적 존재이자 '인곡몬스터즈'라는 브랜드로 확장된 하나의 세계입니다.

  『옥류동, 달과정원』은 기억과 상처, 일상과 꿈이 뒤섞이는 도시의 풍경 안에서 우리 모두가 '자기답게 살아가는 삶'을 되찾을 수 있기를 바라는 마음으로 만들어졌습니다.

  책을 펼치는 독자 여러분이 이 정원에서 자신만의 속도와 감정으로 한 장씩 걸어가기를 바랍니다.

주요 인물

윤서 공연기획자로 치열하게 살아온 여성. 삶의 균형을 찾아 수필을 쓰며 조용히 살아가려 한다. 옥류동 달과정원에서 지후를 만나, 잊고 있던 감정과 자신만의 속도를 회복한다.

지후 다큐멘터리 감독. 도시의 풍경과 사람들의 이야기를 기록하며 살아간다. 윤서와의 만남을 통해 스스로에게 던지지 못했던 질문들을 마주하고, 사랑을 다시 배우게 된다.

주변 인물

은비 서촌에서 카페와 인곡몬스터즈를 지키며 윤서 곁을 살뜰히 챙긴다. 늘 사람들의 소식을 전하는 존재.

수현 윤서가 아끼는 후배이자 제자 같은 인물. 윤서의 침묵을 받아들이며 함께 성장한다.

무영 흰빛서점에서 윤서와 스쳐간 사랑. 잠시 머물렀지만, 윤서의 감정을 다시 깨워주는 존재로 남는다.

지후의 형 지후의 근황을 전해주는 가족 같은 인물. 윤서와 지후의 관계에 간접적으로 다리를 놓는다.

이든 윤서의 제자. 정원에서 수업을 함께하며 다음 세대의 감수성을 보여준다.

현우 지후의 후배 다큐멘터리 감독. 정원을 기록하며 선배의 흔적을 이어가려 한다.

은주 서촌 마을 주민. 정원에 자신의 삶의 기억을 남기는 평범하지만 따뜻한 인물.

해인 다큐멘터리 감독. 지후와 해외 작업에서 만나 잠시 마음을 나누었으나 끝내 윤서를 대신할 수는 없었다. 훗날 달과정원에 찾아와 윤서를 만나고, 지후가 늘 이곳을 진짜 삶의 자리처럼 이야기했음을 전한다.

인곡몬스터즈 (부엉이 인형 친구들)

인곡
신중하고 지혜로운 존재. 인왕산의 바람처럼 깊고 조용한 조언을 전한다. 윤서와 지후가 마음속 감정을 정리할 수 있도록 도와주는 내면의 멘토.

밤비
사랑에 서툴고 여린 감정을 지닌 부엉이. 달빛을 좋아한다. 윤서의 감정 곁에 머무르며 위로를 건넨다.

솔밤
직관적이고 열정적이다. 솔직한 말투로 중심을 잡아준다. 일과 꿈 사이에서 방황하는 이들에게 방향을 제시한다.

구름
사색적이고 몽상가 같은 성향. 말수가 적지만 상상력이 풍부하다. 지후와의 대화 속에서 잠들어 있던 감정을 깨운다.

오울트론
기술과 지식을 상징하는 디지털 부엉이. 미래와 연결된 존재. 변화의 순간마다 새로운 가능성을 이야기한다.

인곡몬스터즈(안테나숍)

옥류동 달과정원 입구에 자리한 이 공간은,
부와 지혜를 상징하는 다섯 부엉이 **인곡몬스터즈**가
소설 속 세계에서 현실로 걸어 나온 듯 머무는 특별한 숍입니다.

지역의 품질 좋은 브랜드와 협업해
건강과 행복, 사랑과 향기를 전하며,
서촌의 감성을 세계로 발신하는 옥류동 달과정원의 빛이 됩니다.

이곳에서 피어난 이야기는
눈 앞에 달빛과 함께 곧게 선 **남산타워를 타고 서울 하늘에 퍼져**,
더 멀리, 세계로까지 전해집니다.
인곡몬스터즈는 그 여정을 열어주는 **이야기의 통로**이기도 합니다.

2005년 - 첫 만남

장소: 흰빛문고, 인곡몬스터즈, 서촌의 오래된 한옥
등장 캐릭터: 인곡

서울 서촌.
가을의 끝자락은
유난히 맑고 고요했다.
은행잎이 바람에 밀려
돌담 위를 스치듯 흘렀고,
그 아래를 천천히 걷는 윤서의 발걸음은
무언가를 향해 이끌리듯 흔들리고 있었다.
그녀는 그날,
그냥 걸었다.
목적지도 없이, 마음이 향하는 쪽으로.

#

그러다 우연히 멈춘 곳.
옥류동 각자바위.
돌에 새겨진 조선의 글귀들이
가을 햇빛 아래 희미하게 빛났다.

그 아래엔
노출 콘크리트 계단이 있었다.
도시 속에서 이질적으로 드러난 그 선과 질감이
이상하게 그녀를 끌어당겼다.

#

지하로 이어진 계단 끝엔
조용한 책방 하나가 있었다.
흰빛문고.
책방 문을 여는 순간,
종이 냄새, 오래된 나무 향,
무언가 오래된 비밀 같은 공기가
윤서의 마음에 스며들었다.
그리고 그 책방 한쪽에서
카메라를 들고 책등을 바라보던 남자 하나.

#

지후였다.
검은 코트,
왼손에 낡은 카메라,
시선을 내리깔고 책 한 권에 집중하던 그가
문득 윤서를 향해 고개를 들었다.
순간,

시간이 느려졌다.
책장 너머로 마주친
둘의 시선.
아무 말이 없었지만,
공기 안에 감정이 스르륵 깔렸다.
지후가 먼저 말했다.
"그 책…… 같이 고른 거네요."
같은 책에 손이 닿은 순간이었다.
윤서는 작게 웃으며 말했다.
"그런 순간, 잘 없죠."
"그래서 잊히지 않겠죠."

#

인곡몬스터즈로 이어진 공간.
진열장 위, 작은 부엉이 인형 하나가
그들의 발길을 붙잡았다.

인곡.
그 돌처럼 단단하고 묵직한 부엉이는
말없이 그들을 지켜보고 있었다.

"지금의 너희는,
 시작을 모르고 시작한 사람들이다."

인곡의 속삭임처럼

#

밤이 깊었다.
그리고 지후는
윤서를 조심스럽게 불렀다.

"혹시, 차 한 잔 더 괜찮을까요?"
"……응."

윤서는 대답 대신 고개를 끄덕였다.
그들은 서촌 골목 끝,
한옥 게스트하우스를 개조한 조용한 공간으로 향했다.
마루를 밟는 소리,
손을 씻는 물의 소리,
머그컵에 담긴 따뜻한 향기.
모든 감각이
서로에게 열리고 있었다.

#

그리고 그 밤,
그들은
서로에게 입을 맞췄다.

처음은 조심스러웠지만,
마치 오래전부터 기다려온 순간처럼
몸은 기억하고 있었다.

#

지후는 윤서의 뺨을 만지며 말했다.
"너, 왜 이렇게 친근하지?"
윤서는 대답하지 않고
그의 손등에 입을 맞췄다.
그 작은 방 안에서,
사랑은 말보다 먼저 몸으로 흘렀고
둘의 온기가 겹쳐진 순간
시간은 멈췄다.

#

살결이 닿고,
숨이 섞이고,
서로를 감싸 안은 온기는
단 하나의 감정으로만 설명되었다.
사랑.

#

그 밤,

세상은 조용했고
달은 두 사람의 숨결을 창호 너머로 비추고 있었다.
그리고
인곡은 책방 창 너머에서
말없이 그 장면을 기억하고 있었다.

2006년 – 달과정원의 발견

장소: 옥류동 각자바위 옆 달과정원 옥상

등장 캐릭터: 밤비

서촌은 봄을 품고 있었다.
낮에는 햇살이 따뜻했고,
밤이 되면 달이 부드럽게 지붕 위에 내려앉았다.
지후는 조용히 윤서의 손을 잡고 말했다.
"같이 가고 싶은 데가 있어."
그 손엔 말할 수 없는 온도가 있었다.
지난 겨울,
둘이 함께 한 밤을 지나
계절은 바뀌었지만 마음은 머물러 있었다.

#

그들은
옥류동 각자바위 옆,
다소 투박한 노출 콘크리트 계단을 올라갔다.
계단 하나하나엔
누군가의 기억이 켜켜이 얹혀 있는 듯했다.

옥상에 닿았을 때,
윤서는 말이 없어졌다.

#

잔디가 깔린 옥상.
의자가 두 개.
달을 마주 보는 자리.
그리고 정면에는 조용히 빛나는 남산타워.
"여기…… 뭐라고 불러?"
윤서가 물었다.
"나는 그냥,
달과정원이라고 불러."
지후는 천천히 숨을 내쉬며 말했다.
"네가 있다면 보여주고 싶었던 곳이었어."

#

윤서는 조심스럽게 의자에 앉았고,
지후는 가방에서 작은 인형 하나를 꺼냈다.
밤비.
붉은 눈동자에
작은 별 무늬가 그려진 부엉이.
감정이 많고, 눈물이 많은 존재.
그 순간,

윤서의 마음 속으로
밤비의 속삭임이 흐르듯 스며들었다.

"사랑은 갑자기 오지 않아.
 네가 오래 품고 있던 감정이
 지금 이름을 얻고 있는 거야."

 #

그날 밤,
둘은 아무 말 없이
달을 바라봤다.
말이 필요 없었다.
눈빛만으로도
지금 이 순간이 어떤 의미인지 알 수 있었다.

 #

윤서는 밤비를 무릎 위에 얹고,
지후의 어깨에 머리를 기대며 속삭였다.
"이런 순간이 있다는 걸,
몰랐어."
지후는 대답 대신
그녀의 손을 꼭 잡았다.
"이건 시작일지도 몰라."

\#

달빛 아래
둘의 그림자는 나란히 길게 늘어졌고,
정원은 그들의 숨결을 조용히 품었다.
밤비는 그들 곁에 조용히 앉아
이 사랑이 언젠가 다쳐도
다시 피어나리라는 걸,
먼저 알고 있었다.

2007년 – 각자의 시작

장소: EBTI SEOUL 협업학교(2층), 달과정원
등장 캐릭터: 솔밤, 민재

윤서는 대학을 졸업하고
공연기획 쪽으로 발을 내딛기 시작했다.
현장의 공기는 차갑고 빠르게 흘렀고,
윤서는 자주 숨이 찼다.
반면 지후는
다큐멘터리 현장으로 들어갔다.
새벽과 밤을 오가며,
사라지는 것들을 카메라에 담기 시작했다.
사랑은 여전히 마음에 있었지만,
마주 앉을 시간은 점점 줄어들었다.

#
어느 날,
윤서는 협업학교 워크숍 강연을 마치고
인곡몬스터즈를 찾았다.
그녀는 구석 선반에서

부드러운 회갈색 부엉이 인형 하나를 발견했다.

솔밤.
눈동자엔 고요함이 담겨 있었고,
깃털 끝은 마치 오랜 사색 끝에 물든 듯했다.

"혼자 있는 걸 두려워하지 않는 부엉이.
고요 속에서 마음의 소리를 듣는 존재."
윤서는 그를 손에 쥐는 순간
가슴 안쪽에서 작은 속삭임을 들었다.

"네가 조용한 순간에 머물 수 있다는 건
 지금 이 감정도 진짜라는 거야."

#

그날 밤.
윤서는 정원에 혼자 올랐다.
지후는 멀리 출장을 떠나 있었다.
달은 떠 있었지만
의자 옆은 텅 비어 있었다.
윤서는 솔밤을 무릎에 올려놓고
작게 중얼거렸다.
"같이 있어도,

혼자 있는 기분일 때가 있어."
솔밤은 조용히 그녀의 말을 받아주었다.

"함께여도 혼자일 수 있고,
 혼자여도 누군가를 향하고 있을 수 있어.
 감정은 그런 방식으로 살아남아."

 #

며칠 뒤,
윤서와 지후는 짧게 마주쳤다.
말보다 피곤한 눈빛이 먼저 반겼다.
둘은 서로를 보며 웃었지만
그 웃음에는 작고 얇은 벽이 있었다.
"우리, 괜찮은 거 맞지?"
윤서가 조심스레 물었다.
지후는 대답 대신 그녀의 손을 잡았다.
그리고 오래도록 아무 말도 하지 않았다.
그 조용한 순간이,
대답보다 더 많은 것을 말하고 있었다.

 #

그날 이후,
윤서는 조금씩 더 자주 혼자 정원에 올랐고

솔밤은 그녀의 곁에서
그 시간을 함께 살아냈다.

2008년 – 고백 직전, 침묵 이후

장소: 달과정원(옥상), 인곡몬스터즈
등장 캐릭터: 구름, 민재

비가 올 듯 말 듯,
잔뜩 흐린 하늘 아래
서촌의 골목은 무채색이었다.
윤서는 인곡몬스터즈 안에서
한참 동안 인형 진열장을 바라보다
작은 부엉이 하나를 조심스레 꺼냈다.
구름.
연한 회색 깃털,
반쯤 감긴 눈,
어딘지 아득한 표정을 띤 부엉이.
"흐릿한 감정을 품고 있는 부엉이.
기억은 사라지지 않지만,
그때의 말은 영영 되돌릴 수 없다는 걸 아는 존재."
그 순간, 윤서의 마음에
부드럽고 낮은 목소리가 스며들었다.
"모든 감정을 말로 다 풀 수는 없어.

때로는 흐릿한 채로 남겨둬야
마음이 그 무늬를 기억할 수 있어."

#

윤서는 조용히 구름을 안고
정원으로 향했다.
그날도 달은 떠 있었고,
지후는 이미 그 자리에 와 있었다.
하지만 둘 사이에는
묘한 거리감이 흐르고 있었다.

#

"잘 지냈어?"
윤서의 말은 조심스러웠다.
"응. 많이 바빴어."
지후는 피곤한 눈으로 웃었다.
대화는 길지 않았고,
시간은 어색하게 흘렀다.
윤서는 입술을 달싹였지만
하고 싶은 말이,
무겁게 가슴 아래로 가라앉았다.
'보고 싶었다'는 말,
'네가 없으니 내가 텅 빈다'는 말.

하지만 그 어떤 말도
이 분위기 안에서는 맞지 않았다.

 #

지후가 먼저 일어났다.
"내일 촬영이 일찍 있어서……"
윤서는 고개만 끄덕였다.
지후가 사라진 뒤,
윤서는 홀로 의자에 앉았다.
구름을 무릎에 올려놓고
말 없이 하늘을 올려다봤다.
구름이 흘렀고,
달빛은 그 흐름을 따라
잎사귀 위로 부서지고 있었다.

구름이 조용히 말을 건넸다.

"말하지 못한 감정도 사랑이야.
 단지,
 기억의 언어로만 남을 뿐이지."

 #

윤서는 조용히 중얼거렸다.

"지금, 이 감정을
기억할 수 있을까?"
구름은 대답하지 않았다.
대신, 그녀 곁에 오래도록 남아 있었다.
그리고 그녀의 감정이
천천히 흐리게,
그러나 더 깊게 남도록 해주었다.

2009년 – 어긋난 계절

장소: 달과정원(옥상), 인곡몬스터즈
등장 캐릭터: 오울트론, 민재, 지후 형

가을이 깊어질수록,
서촌의 골목길은 더 조용해졌다.
낙엽이 바람을 따라 스치는 소리조차
어딘가 결정을 내린 사람의 발소리처럼 들렸다.
민재가 커피를 내려주며 조용히 말했다.
"지후, 유럽 쪽 다큐멘터리 워크숍에 합격했대.
장기 체류로 나간다고……"
윤서는 그 말을 듣는 순간
속이 허물어지는 듯한 기분이 들었다.
하지만 놀라지 않았다.
이미 마음이 먼저 알고 있었다.

#

그날 윤서는 인곡몬스터즈에 들렀다.
그리고 선반 위에 조용히 앉아 있던
금속 깃털을 가진 부엉이를 발견했다.

오울트론.
눈빛은 단단했고,
표정엔 묘하게 따뜻한 냉정이 깃들어 있었다.

"불확실한 미래를 마주할 수 있는 부엉이.
떠남과 받아들임을 동시에 지켜보는 존재."
윤서는 그를 집어 들었고,
그 순간 들려온 속삭임.

"떠나는 사람을 원망하지 마.
 그 사람이 가는 길은
 너와의 기억이 만들어준 것이기도 하니까."

#

그날 밤, 윤서는 정원에 올랐다.
지후는 오지 않았다.
대신,
그녀의 자리에
작고 흰 봉투 하나가 놓여 있었다.
봉투 안에는
흑백으로 인화된 사진 몇 장과
짧은 메모가 들어 있었다.
"여기서 다시 시작하고 싶었지만,

지금은 잠시 멀어지려 해.
말하지 못한 모든 감정을
이 정원에 남기고 가."
윤서는 손끝이 떨렸다.
사진은 둘이 함께 찍은 적 없는 장면들이었지만,
그 안에는 분명히 그녀의 숨결이 담겨 있었다.

#

그녀는 천천히 몸을 구부려
봉투를 의자 아래 바람막이 돌 틈에 밀어넣었다.
그건 보관이 아닌 작별이었다.
오울트론을 무릎에 올려두고
하늘을 올려다보며 말했다.
"왜,
사랑은 꼭 이렇게 멀어져야만 해?"

오울트론이 윤서의 눈을 마주보며 말했다.

"멀어진다는 건 끝이 아니야.
 그건,
 네가 더 넓은 세상에서
 자신을 다시 만날 수 있다는 증거야."

#

그날 밤,
윤서는 돌아보지 않고 정원을 떠났다.
하지만 발걸음마다
지후의 이름이 마음에 남아 흔들렸다.
정원에는 달빛만이 남아
그녀의 이별을 조용히 내려앉히고 있었다.

2010년 – 떠나는 사람

장소: 달과정원(옥상), 서촌의 오래된 한옥
등장 캐릭터: 솔밤, 인곡

지후가 떠난 지
겨우 두 달이 지났을 뿐인데,
윤서에게는 계절이 몇 번 바뀐 것 같았다.

서촌 골목길은
예전처럼 반짝이지 않았고,
커피 향도 무뎌졌고,
정원의 계단을 오르는 발걸음도
더 이상 설레지 않았다.

그날 윤서는
무언의 결심처럼 정원에 올라갔다.
달은 반쯤 기울어 있었고,
의자 위엔 작은 노트를 펼쳐놓은 듯
바람이 페이지를 넘기고 있었다.

#

윤서는 의자에 앉아
가방 속에서 두 마리의 부엉이를 꺼냈다.

인곡,
그리고

솔밤.
두 부엉이는 말없이 그녀 옆에 자리를 잡았다.
그리고 그 순간,
기억이 아주 천천히,
그러나 강렬하게 되살아났다.

#

"너, 왜 이렇게 친근하지?"

지후의 목소리.

그 밤,
서촌의 오래된 한옥 안.
뺨에 닿았던 손길,
숨결을 타고 내려오던 키스,
그리고 손끝으로 닿았던

서로의 뜨거운 심장.
윤서는
이불 위에 포개진 두 몸의 온기를 떠올렸다.
지후가 윤서를 감싸 안고
천천히 그녀의 등선을 따라 내려오던 손,
그 손이 멈추지 않고
윤서의 허리를 감싸 안으며
작게 떨리던 숨결.
그 순간의 온도,
땀과 눈물,
가만히 흐르던 시간들.
그리고 달빛.
한옥 창호를 타고 스며든 그 빛이
그들의 사랑을 천천히 덮어주던 밤.

#

윤서는 눈을 감은 채
그 밤을 다시 살았다.
고요히,
마치 지금 여기에
그의 체온이 다시 되살아나듯.

\#

그녀는 혼잣말처럼 말했다.
"그때,
정말 사랑했어."

솔밤이 낮은 목소리로 말했다.

"그 사랑은 끝나지 않았어.
 네 안에 그대로 살아 있어.
 네가 이렇게 기억하고 있는 동안은."

인곡이 뒤를 이어 위로했다.

"기억은,
 떠난 사람을 붙잡는 게 아니라
 지금의 너를 지탱하는 힘이 돼."

\#

윤서는 그 말들을 가슴 깊이 삼켰다.
그리고 조용히 눈을 떴다.

달은 더 기울어 있었고,
밤은 고요했고,

정원은 여전히 그녀의 곁에 있었다.
지후는 떠났지만,
그들이 함께 보낸 밤은
그녀 안에 살아 있었다.

\#

그날,
윤서는 처음으로 혼자 정원에서 밤을 지새웠다.
말없이,
하지만 단단하게.

2011년 – 편지

장소: 달과정원(옥상), 윤서의 방
등장 캐릭터: 구름, 해인(회상), 윤서 어머니(편지 한 구절)

그날, 우편함에
손으로 꾹꾹 눌러쓴
봉투 하나가 꽂혀 있었다.

'윤서에게 – J.H.'
보낸 곳은 독일 베를린.
윤서는 떨리는 손으로 봉투를 열었다.

"윤서야,
여기 공기는 차가운데 묘하게 마음이 안정돼.
아직도 나는 너와 함께 걷던 서울의 밤을 떠올려."

#
편지는 길지 않았다.
하지만 문장 사이사이에
그의 진심이,

그리고 망설임이 가득 배어 있었다.
그리고 그 안에는
또 하나의 고백이 있었다.

"여기서 해인이라는 사람을 만났어.
함께 작업한 다큐 촬영 감독이었고,
밤새 나와 같은 방향으로 걷는 사람이었지."

"어느 날,
우린 새벽에 베를린 강가를 걷다가
서로를 안았어."

편지를 읽던 윤서가 손을 멈칫했다.
숨이 조용히, 길게 빠져나갔다.

"그 사람과 잠시 마음을 나눴어.
하지만 이상하게,
몸은 따뜻했는데 마음은 텅 비어 있었어."
"왜 그랬는지 알아.
네가 아니라서."

#

윤서는 편지를 천천히 덮었다.

그리고 조용히 책상 서랍을 열어
구름을 꺼냈다.
그 회색 부엉이는
예전보다 더 조용히 그녀 곁에 앉아 있었다.
윤서는 작은 목소리로 중얼거렸다.
"넌 왜……
지금에서야 말하는 거야?"

구름이 차분한 어조로 말을 건넸다.

"사람은 때때로,
 사랑을 외면하고 다른 이름을 빌려
 자신을 지우려 해.
 하지만 마음은 언제나
 진짜 자리로 돌아와."

 #
그날 밤,
윤서는 편지를 들고 다시 정원으로 향했다.
의자 위에 앉아
편지를 무릎에 올려두고
작게 속삭였다.
"해인이라는 이름을 원망하지 않아.

다만……
그 순간에도 날 떠올렸단 말이
더 아팠어."

　#

달은 조용히 떠 있었다.
윤서는 눈을 감고
지후가 말하지 않았던
모든 순간을 받아들이기로 했다.
그것이 사랑을 지키는
또 하나의 방식임을
이제는 알고 있었기 때문이다.

2013년 – 다시, 정원에서

사랑의 장면 - 서촌의 한옥에서

문이 열리자
익숙한 나무 향이 윤서의 폐 깊숙이 들어왔다.
지후는 말없이 마루 끝에 앉아
젖은 머리를 말리고 있었다.
등 너머로 비 내음이 스며들었고,
하늘은 먹먹한 회색으로 가라앉아 있었다.
윤서는 조용히 다가가
그 옆에 앉았다.
두 사람은 말없이
같은 방향을 바라보았다.

#

마루 끝에서 비가 흘렀고,
담장 너머 나뭇잎이 흔들렸다.
지후가 조심스럽게 윤서의 손을 잡았다.
그 손끝에서
무너진 시간들이 다시 이어지는 듯했다.

"여전히, 따뜻하네."
그 말에 윤서는 고개를 끄덕였다.

#

방 안으로 들어서자
윤서는 그 자리에서 가만히 섰다.
지후는 그녀에게 다가가
뺨을 쓰다듬었다.
손바닥이 닿는 순간,
두 사람의 숨이 깊어졌다.
그리고
입술이 닿았다.

#

처음은 조심스러웠다.
하지만 곧
오래 참고 눌러온 감정이
마치 물결처럼 밀려왔다.
입맞춤은 길어졌고,
윤서는 지후의 목덜미를 끌어안았다.
둘은 방 안 가장자리로 몸을 옮겼다.
매트 위,
덮개를 걷은 얇은 이불 위에

몸을 누이고, 포개고, 겹쳤다.

#

지후는 윤서의 옷깃을 천천히 풀었다.
단추 하나,
숨결 하나.
마치 시간을 뜯어내듯 천천히.
윤서의 피부에
지후의 손끝이 스쳤다.
지나가는 바람 같았고,
떨리는 햇살 같았다.
그녀는 눈을 감고,
지후의 입술이 복숭아뼈 아래를 지나
배와 허리를 거쳐,
가슴 위에 안기는 것을 받아들였다.

#

그들은 말하지 않았다.
대신 서로를 더듬는 속도와
숨결의 간격으로
감정을 건넸다.
윤서의 손이 지후의 등을 타고 흐르고,
지후는 그녀의 목덜미 아래로

세상에 들키지 않을 속삭임을 남겼다.

#

비가 지붕을 두드렸고,
달빛이 처마 밑으로 스며들었다.
서로의 몸이 뜨거워졌고,
숨은 깊어졌으며
그 사이사이
심장이 손끝으로 건네졌다.

#

사랑은
절정이 아니었고,
절규도 아니었고,
그저 그들이
서로의 안에 잠기는 과정이었다.

#

그날 밤,
윤서는 지후의 품 안에서 잠이 들었고
지후는 조용히 그녀의 머리칼을 넘기며
한없이 숨을 삼켰다.
그리고

그 침묵은
가장 깊은 언어가 되어
방 안을 가득 채웠다.

2015년 – 다른 이름의 약속

장소: 달과정원, 맨발공원
등장 캐릭터: 솔밤, 해인

지후는 다시 떠날 준비를 하고 있었다.
이번엔 한 달이 아닌,
몇 년이 될 수도 있는 프로젝트.
아프리카.
사라지는 언어를 기록하는 장기 다큐멘터리.
윤서는 아무 말도 하지 않았다.
그저 고개를 천천히 끄덕였다.

#
둘은 맨발공원에서 마지막 산책을 했다.
햇살이 강했고,
아이들의 웃음소리가 바람을 타고 멀어졌다.

"우린 왜 자꾸……
멈추지 못할까?"

윤서가 물었다.

"아마……
계속 흘러가야만 살아 있는 사람이라서."

지후는 미소 지었다.

"너무 많이 사랑해서,
그 사랑을 짊어지고는
여기 머무를 수 없을 때도 있잖아."

#

윤서는 그 말이
그의 진심이라는 걸 알고 있었다.
그리고 동시에,
그 말이
자신을 밀어내는 핑계가 아니라는 것도.

#

달과정원에서
마지막으로 마주 앉은 밤.
둘 사이에는 솔밤이 놓여 있었다.
오래전 그녀의 방 위에서

혼자 있는 법을 알려주던
그 회갈색 부엉이.

솔밤은 따뜻한 목소리로 두 사람에게 말을 건넸다.

"사랑은 함께 있는 시간만으로 결정되지 않아.
 너희는 떨어져 있어도
 서로를 향하고 있어."
"그 방향만 변하지 않는다면,
 이름은 달라도 괜찮아."

 #
지후가 말했다.

"윤서야,
우린 지금
'사랑'이라는 단어 말고
다른 이름으로 서로를 불러야 할 것 같아."
"예를 들면?"
"기억, 가능성,
아니면…… 정원."

윤서는 미소 지으며 말했다.

"그럼,
난 널 '달'이라고 부를게.
떠나도 돌아오니까."

#

그들은 서로의 손을 잡았다.
하지만 그 손은
서로를 데려가려는 것이 아니라,
그저 놓지 않기 위한 감정이었다.

#

지후가 떠난 다음 날,
윤서는 솔밤을 정원 한쪽 작은 나무 아래에 앉혀두고
혼자서 하늘을 올려다보았다.
그리고 속삭였다.

"우린 여전히 사랑하고 있어.
그저 지금은
다른 이름으로."

2018년 – 맨발의 오후

장소: 달과정원, 맨발공원
등장 캐릭터: 구름, 수현

윤서는 이제 글을 쓰고 있었다.
다큐멘터리 인터뷰 작가로 시작해
에세이를 연재하는 삶으로 이어진 나날들.

무대 뒤에서 조용히 사람을 기록하고,
말보다 마음에 귀를 기울이는 일.

어느 날,
그녀는 수현과 함께
달과정원을 찾았다.
수현은 윤서가 mento처럼 아끼는 후배였고,
무엇보다 윤서의 침묵을 조용히 받아들이는 사람이었다.

 #
"선배는 왜 여길 좋아해요?"
"여긴……

내 안에 있던 감정을 꺼내도
아무도 놀라지 않는 공간이야."
윤서는 벗은 신발을 한쪽에 두고
잔디 위에 맨발을 올렸다.

발바닥에 느껴지는
풀의 차가운 결,
바람의 촉감,
햇빛의 부드러움.

#
"지금,
너무 좋다."

윤서는 중얼거렸다.
누구의 손도,
눈도,
감정도 닿지 않은 오후.
하지만 어쩐지,
모든 것이
자기 편인 것 같은 기분.

#

그녀는 벤치 위에 앉아
가방에서 구름을 꺼냈다.

잊히지 않는 감정,
그러나 이제는 흔들림이 아니라
조용한 무늬가 된 마음.
구름을 무릎에 얹고
윤서는 눈을 감았다.

구름이 윤서에게 다정하게 속삭였다.

"사랑은 흐릿해질 수 있지만
 지워지진 않아.
 그건 삶의 결이 돼."
"너는 지금,
 그 결 위를 맨발로 걷고 있어."

#

윤서는 피식 웃었다.
"그래서⋯⋯
이 감정이 아직도 따뜻한 걸까?"

구름은 대답하지 않았다.
그 대신,
하늘에서 바람이 살짝 불었다.
흔들리는 그림자,
빛나는 오후.

#

그날 이후 윤서는
가끔 정원에 올라
맨발로 잔디를 걸었다.
그것은 그리움을 씻는 시간이었고,
자기 자신을 다시 포개는 고요한 의식이었다.

#

그리고 언젠가,
지후가 이 정원으로 돌아온다면
그녀는
예전처럼 울지도, 도망치지도 않을 것이다.
대신 말할 것이다.
"내가 여기,
잘 살아 있었어."

2020년 – 멀어진 거리

장소: 케냐 나이로비 외곽, 다큐멘터리 캠프
등장 캐릭터: 해인, 지후

열대의 바람은
서울의 가을과는 전혀 다른 결로 불었다.
지후는 이국의 빛에 오래 노출되어 있었다.
피부는 더 어두워졌고,
눈동자는 더 깊어졌다.
그곳엔 해인이 있었다.
같은 다큐멘터리 프로젝트를 위해
지후와 같은 시간에, 같은 리듬으로 움직이던 사람.
해인은 말이 적고,
무엇보다 사람을 판단하지 않는 사람이었다.

#
그날 밤,
텐트 밖 작은 화롯불 옆에서
해인이 물었다.
"윤서……

지금은 어때?"
지후는 대답하지 않았다.
하지만 해인은 눈빛으로 그 답을 이미 알고 있었다.

#

"그래도,
오늘 밤은 나를 바라봐줄래?"
해인이 낮게 물었다.
지후는 조용히 고개를 끄덕였다.
그리고 다가가
그녀의 얼굴을 두 손으로 감쌌다.
입술이 닿는 순간,
모래 먼지처럼 고요한 감정이 일었다.

#

해인의 몸은 따뜻했고,
입술은 조용히 떨렸으며
그녀의 심장은
지후의 심장에 맞추려 애쓰고 있었다.
지후는 그녀의 셔츠 단추를 하나하나 풀어내며
목덜미에 입을 맞췄다.
해인은 조용히 숨을 들이마시고,
그의 손에 온몸을 맡겼다.

#

둘의 몸은
이국의 밤공기 속에서 천천히 섞였다.
지후는 해인의 등줄기를 따라
혀끝을 천천히 내렸다.
해인의 입술에서
작은 신음이 흘렀고,
지후는 그 소리를 손끝에 새기듯 어루만졌다.

#

그러나
몸이 겹쳐질수록
지후의 머릿속엔
흰빛 정원과,
서촌의 작은 방,
그리고 윤서가 스친 숨결이 떠올랐다.
한순간,
눈을 감은 해인의 어깨 너머로
윤서의 얼굴이 흐릿하게 겹쳐졌다.

#

사랑이 아니라,
그리움을 잠재우는 일이었다.

하지만 지후는
그것조차도 필요했다.

#

그날 밤,
해인은 지후의 팔에 안겨 조용히 잠들었고
지후는 한참 동안
멀리 별이 흐르는 하늘만 바라봤다.
그리고 속삭였다.
아무도 듣지 못할 만큼 작게.
"윤서야,
네가 없는 시간도 이렇게 살아지고 있어."

2023년 - 텅 빈 벤치

장소: 달과정원
등장 캐릭터: 솔밤(재등장)

가을.
기온은 낮았고,
하늘은 유난히 맑았다.
윤서는 혼자 정원에 올랐다.
가방엔 책도, 노트도 없이
그저 손만 넣은 채.
오랜만에 계단을 오르면서도
심장이 뛰지 않았다.
그저 조용히,
의무처럼 발걸음을 옮겼다.

#

의자 위엔 아무도 없었다.
당연히 그래야 할 것 같았고,
막상 그것을 보니
왠지 모르게

심장이 뒤늦게 울었다.

윤서는 벤치에 앉았다.
그토록 익숙했던 그 자리에.
그러나
오늘은 이상하게도
자기 자신마저 낯설게 느껴졌다.

#

"나, 지금
누구지?"
속으로 흘러나온 그 말에
윤서는 스스로 놀랐다.
지후도,
해인도,
세상의 누구도 이 자리에 없었고.
그녀가 믿고 기댔던 사랑조차
지금은 이름이 사라진 듯했다.

#

그때,
작은 발소리처럼
바람이 잔디를 스치고

그 뒤를 따라
낯익은 존재가 그녀 옆에 앉았다.

솔밤.
오래전 밤처럼,
고요하게 그녀 옆에 앉아 있었다.

솔밤이 정적을 깨고 말을 건넸다.

"사람은 가끔
 자기 자신조차 낯설어지는 날이 있어.
 그건,
 마음이 새로운 이름을 찾고 있다는 증거야."

"텅 빈 자리는
 다시 사랑을 시작할 수 있는 자리야."

 #

윤서는 조용히 눈을 감았다.
바람이 이마를 스쳤고,
머리카락이 흔들렸고,
한동안 울고 싶었지만 눈물은 나지 않았다.

그러나
그것이 위안이 되었다.
'울지 않는 것도
하나의 성장일 수 있겠구나.'

 #

그날 윤서는
정원에 오래 머물렀다.

말없이,
움직이지 않고,
그저 고요를 받아들이며.
지후가 떠난 자리,
해인이 사라진 기억,
그리고 사랑이라는 말조차 붙이지 못한 감정까지도.

모두 그 자리에서
비워졌다.

 #

그리고 해가 질 무렵,
윤서는 벤치에 살며시 손을 얹었다.

"그래.
이 자리는,
다시 누군가를 맞이할 수도 있는 거니까."

\#

정원은,
오늘 따라 더 넓고 깊어 보였다.

2024년 – 아무도 오지 않은 날

장소: 달과정원, 흰빛문고
등장 캐릭터: 무영(스쳐간 사랑), 구름

비가 오다 그친 저녁.
윤서는 우산도 없이 정원에 올랐다.
달은 흐렸고,
잔디에는 어제의 빗방울이 고여 있었다.
의자에 앉자
온몸이 촉촉한 공기에 잠겼다.
윤서는 한숨을 쉬었다.
"아무도 오지 않겠지,
오늘도."

#

그때 누군가 조용히 계단을 올라왔다.
머리칼이 젖은 남자,
흰빛문고에서 자주 마주쳤던 낯선 얼굴.
"여기…… 앉아도 될까요?"
그가 조심스럽게 물었다.

윤서는 대답 대신 고개만 끄덕였다.
남자는 무릎 위에 책 한 권을 펼쳐 놓았다.
시집이었다.
손가락으로 시 한 줄을 짚으며,
조용히 읽기 시작했다.
"사람은 가끔,
아무 말 없이 스쳐가는 사람에게
가장 오래 머무는 마음을 남긴다."
윤서는 그 문장을 듣는 순간
심장이 무너지는 것처럼 아팠다.
그것은 마치,
자신을 향한 시처럼 느껴졌다.

#

"이런 날엔,
누군가 아무 말 없이 옆에 앉아주는 게
제일 좋더라고요."
남자가 말했다.
윤서는 눈을 감았다.
그 말이 따뜻하게 느껴졌다.
"당신 이름은?"
그녀가 물었다.
"…… 무영이요.

그림자 같다고 자주 놀림받아요."
윤서는 웃었다.
"좋은 이름이네요.
기억에 오래 남을 것 같아요."

#

그날 밤,
정원에서 내려오던 길.
무영이 조용히 말했다.
"같이 차 한 잔 하실래요?"
둘은 휜빛문고 옆 조용한 찻집에 들어갔다.
이야기는 없었지만,
서로를 바라보는 눈빛이
깊은 감정을 나누고 있었다.

#

밤이 깊고,
서촌 골목이 조용해졌을 무렵
무영이 조심스럽게 윤서의 손을 잡았다.
그리고 그 손을 놓지 않은 채
짧고 부드럽게 입을 맞췄다.
윤서는 잠시 눈을 감았다.
그 입맞춤엔 이름도, 약속도 없었다.

그러나
감정은 진짜였다.

 #

그날 밤 이후,
무영은 다시 나타나지 않았다.
전화도, 메세지도,
심지어 이름 하나 남기지 않았다.
윤서는 그것을 원망하지 않았다.
오히려,
그날 있었던 짧은 사랑이
자신의 감정을 다시 깨워준
작은 선물처럼 느껴졌다.

구름이 윤서에게 말을 건넸다.

"사랑은 오래 머물러야만 사랑이 아니야.
 가끔은,
 스치는 감정이
 영혼 깊은 곳을 건드리기도 해."

 #

윤서는 그 말을 오래 되새겼다.

그리고
그날 이후에도 종종 정원에 올랐다.
기억도,
기대도 없이.
하지만 이제,
자신이 다시 누군가를 사랑할 수 있다는 것을
알게 되었기에
그것으로 충분했다.

2026년 – 잊혀진 메시지

장소: 인곡몬스터즈, 달과정원
등장 캐릭터: 오울트론, 윤서 어머니(회상)

봄의 시작.
윤서는 인곡몬스터즈에서
기획하던 단행본 원고 교정을 보던 중이었다.

문득, 책장 뒷면에서
낡은 봉투 하나가 떨어졌다.

'To Y.S. – 보내지 못한 것들 중 하나.'
봉투는 오래된 손글씨로,
익숙한 필체였다.

그 순간, 윤서의 심장이 멎는 듯했다.

 #

손끝이 떨리는 채
그녀는 편지를 펼쳤다.

"윤서야,
이 편지는 너에게 도착하지 않을지도 몰라.
그래서 더 솔직해지려 해."

"나는 해인을 좋아했지만,
널 사랑했어.
단 한 번도 헷갈린 적은 없어."
"너를 사랑한 건
내가 가장 나답게 숨 쉴 수 있었던 순간들이었고,
널 떠났던 건
그 사랑이 네 삶을 붙잡는 족쇄가 되지 않길 바랐기 때문이야."
"이기적이지 않았다고 말하진 못해.
다만 너에게,
내 사랑은 여전히 살아 있다는 걸
늦게라도 알게 되길 바랐어."

#

윤서는 편지를 무릎 위에 올려두고
긴 숨을 내쉬었다.
그 말들이,
잊혔다고 생각했던 감정의 틈을 열고
다시 스며들었다.

그녀는 혼잣말처럼 말했다.
"왜,
지금 와서……"
그 말에 대답하듯
머릿속에 어릴 적
어머니가 했던 말이 떠올랐다.
"윤서야,
편지는 시간이 아니라 마음을 따라 도착한단다.
그래서 늦게 와도 괜찮아."

#

그날 밤,
윤서는 다시 정원에 올랐다.
바람은 부드러웠고,
밤하늘에는 별이 오래 머물러 있었다.
의자에 앉자
오울트론이 조용히 그녀 옆에 나타났다.

오울트론이 윤서에게 말을 건넸다.

"어떤 메시지는
 제때 도착하지 않아야 비로소
 마음에 닿는 법이지."

"이건,
 그리움이 아닌
 너의 다음을 여는 열쇠야."

 #
윤서는 편지를 가슴에 얹고
달을 올려다봤다.

지후가 지금 어디에 있든,
그의 마음이 이 정원까지
도착했다는 것은 분명했다.

그리고 그 밤,
윤서는 아주 조용히 웃었다.

'지후야,
나는 아직 여기 있어.
기다린 적 없다고 말하지 않을게.'

2027년 – 정원의 계절

장소: 달과정원, EBTI SEOUL 협업학교
등장 캐릭터: 수현, 민재, 해인, 지후 형, 이든(윤서의 제자), 현우(지후의 후배), 은주(마을 주민)

봄이었다.
그리고 정원에는 사람들이 하나둘 올라오기 시작했다.
지후는 아직 돌아오지 않았고,
윤서는 아직 기다리고 있지 않았다.
하지만 이상하게도
정원은 점점 더 많은 이야기로 채워지고 있었다.

#

수현은 협업학교에서 진행하는 마음수업 실습으로
학생들과 함께 정원을 오르고는 했다.
그녀는 예전보다 더 단단해졌고,
말하기보다는 귀를 기울이는 사람이 되어 있었다.
"이 정원,
사람 마음이 다 보이는 것 같아요."
학생 이든이 말했다.

윤서는 그 말을 들으며 미소 지었다.
"그런가요?
그럼 조심해야겠네요.
가끔 마음이 맨발일 수도 있으니까요."

\#

민재는 요즘 자주 인곡몬스터즈에 들렀다.
커피를 내리면서
서촌을 떠난 사람들에 대한 소문을 전해주고는 했다.

"지후 형 소식은 들었어.
케냐에서 프랑스로 옮겼대.
작업 끝나면, 아마……"

그는 말을 흐렸다.
윤서는 조용히 고개를 끄덕였다.

\#

지후의 형은 어느 날 불쑥 정원에 올라왔다.
그는 윤서를 보며 말했다.

"지후, 잘 살고 있어.
근데 아직, 네 얘긴 안 꺼내."

그것은,
그가 여전히 생각하고 있다는 증거였다.

 #

그리고,
그날 오후.
정원에 낯선 여자가 올라왔다.

해인.
조용히 정원 끝자락 의자에 앉아
손에 종이봉투 하나를 들고 있었다.

윤서는 처음에는 그녀를 몰랐지만,
이름을 듣는 순간
모든 퍼즐이 제자리로 들어왔다.

"지후……
잘 지냈나요?"

윤서가 조심스럽게 물었다.
해인은 웃었다.
"그 사람,
항상 이 정원 얘길 했어요.

마치 여기만 진짜인 것처럼."

그 말에
윤서의 가슴 어딘가가 뜨겁게 멍들었다.

 #

며칠 뒤,
동네 할머니 은주가 정원 계단을 힘겹게 올랐다.

"이런 데가 있는 줄은 몰랐네.
여긴…… 참 조용하고, 참 산다."

그녀는 작은 커피 한 잔을 놓고 내려갔다.
그리고 나중에 알게 된 것은,
그것은 먼저 간 남편의 생일이었다는 것.

 #

현우, 지후의 다큐 후배는
카메라를 들고 와 정원을 찍었다.

"지후 선배가 마지막으로 말했어요.
'이 정원은 잊지 마.'
그래서…… 안 잊으려고요."

#

그날 윤서는 깨달았다.
정원은 이제 두 사람의 공간을 넘어
누군가의 과거,
누군가의 상처,
누군가의 사랑을 품고 있는
살아 있는 장소라는 것을.
그리고 그렇게,
정원은 계절을 따라
조용히 피어나고 있었다.

2029년 – 가온다리의 전시

장소: 가온다리 야외 전시장
등장 캐릭터: 윤서, 이든, 수현, 민재, 현우, 해인, 은주, 그리고 무영의 그림자

가온다리는 여전히 낮고 단단했다.
돌로 쌓인 아치 아래로
맑은 물이 흐르고,
그 위에 사람들이 머물렀다.

이번 봄,
서울시에서 주최한 '살아 있는 기억' 전시회에
윤서가 초대 작가로 참여했다.

제목은 단 하나.
〈달과정원 – 사라지지 않은 마음〉

#
그녀의 전시 구역은
가온다리 아래 가장 조용한 공간.

잔잔한 빛이 드리워지는 구간에
작은 글귀들이
낮은 시멘트 벽에 투명 잉크로 새겨져 있었다.
햇살이 스칠 때만
비로소 보이는 문장들.
"나는 당신이 떠난 자리에 매일 앉아,
당신이 다시 돌아오지 않아도 괜찮다고
말할 수 있을 때까지 기다렸어요."
"사랑은 돌아오지 않아도
사랑이었다는 건 사라지지 않아요."
"이 정원에서
우리는 서로를 놓치면서도
포기하지 않았어요."

#

수현은 눈시울을 붉혔고,
이든은 입을 다물지 못한 채 벽을 천천히 따라 걸었다.
민재는 조용히 사진을 찍었고,
현우는 벽면에 남겨진 지후의 필체를 찾아냈다.
"이건……
형이 내 노트에 써주던 문장이에요."
해인은 멀찍이서 전시를 바라보다가
누구보다 오래 자리를 지켰다.

#

전시 마지막 벽면에는
윤서의 직접 손글씨로 쓴
단 한 줄의 문장이 새겨져 있었다.
"나와 마주앉아주던 모든 이들을 기억해요."
그 문장 아래에는
정원의 날들 속에서
잠시 머물렀던 모든 인물들의 이니셜이 새겨져 있었다.
Y.S., J.H., S.Y., M.J., H.N., E.J., W.Y., M.Y.

#

그리고 사람들 사이
멀찍이서 그것을 바라보는 한 남자의 그림자.
윤서는 그의 얼굴을 보지 못했다.
하지만 어쩐지
심장은 그 모습을 기억하고 있었다.
한때 흰빛문고 앞 정원 벤치에 앉아
시 한 줄을 읽어주던 남자.
무영.

#

해가 기울었고,
가온다리에 노란 빛이 내려앉았다.

사람들은 흩어졌고,
윤서는 전시 끝에 벽을 따라 천천히 걸었다.
그 길의 끝,
'달과정원'이라는 손글씨 위에
살짝 겹쳐진 빛을 바라보며
그녀는 속삭였다.
"우리는 사라지지 않았어요.
그저,
다른 모습으로 피어났을 뿐."

2030년 – 새 이름으로 부르는 밤

장소: 달과정원
등장 캐릭터: 지후, 윤서(멀리서), 인곡

지후는 오랜만에
그 계단을 다시 올랐다.
서울로 돌아온 지 한 달.
그는 누구에게도 말하지 않고
달과정원을 찾아왔다.

밤 10시.
정원은 조용했고,
달은 정수리 위에서
붉은 기운을 머금은 채 떠 있었다.

#
지후는 예전처럼
의자에 앉았다.
손에는 아무 것도 없었고,
말도 하지 않았다.

그저 하늘을 바라보며
귀에 익은 새소리,
풀의 움직임,
그리고 밤의 냄새를 들이마셨다.

그 순간,
문득 계단 아래
누군가의 기척이 느껴졌다.

올라오진 않았지만,
익숙한 발소리.
지후는 돌아보지 않았다.

그 발소리를 듣는 것만으로
누구인지 알 수 있었다.

윤서.
그녀는 계단 아래에서
잠시 숨을 고르고 있었고,
지후는 마음속으로
그녀를 조용히 불렀다.

'윤서야……'

하지만,
그는 곧 다른 이름을 떠올렸다.

 #

'정원.'
지후는 그녀를 그렇게 부르기로 했다.
자신이 가장 깊이 머물렀고,
돌아와도 되는
유일한 장소 같은 이름.

 #

그가 이름 대신 삼킨 그 말은
공기 중에 스며들어
그녀에게 닿은 듯했다.
계단 아래,
윤서는 하늘을 바라보며
그의 이름을 부르지 않고
그냥 웃었다.

 #

그날 밤,
정원에는 두 사람이 있었지만
단 한 마디도 오가지 않았다.

다만,
지후는 머릿속으로 계속해서 그녀를 불렀다.
'정원아,
나 여기 있어.
늦었지만……
내 삶 속에 너를 다시 살리고 싶어.'

인곡이 나즈막한 목소리로 속삭였다.

"사랑은 때때로,
 다시 부를 이름을 찾는 일이다.
 이전의 이름이 사라졌을지라도,
 진심은 다시 새로운 언어로 피어난다."

 #

지후는 달을 오래 바라보다
그 자리에서 천천히 일어났다.
그리고 돌아보지 않은 채,
계단을 내려갔다.
계단 아래,
윤서는 숨을 내쉬며
그의 뒷모습을 조용히 바라봤다.
두 사람은 다시 엇갈렸지만,

그 엇갈림마저도
서로를 부르는 한 방식이었다.

2032년 – 우리가 머무른 정원

장소: 달과정원
등장 캐릭터: 윤서, 지후, 솔밤(재등장)

정원이 초록으로 가득 찬 여름날 오후.
윤서는 일정을 끝내고
정원을 향해 걸었다.

무엇인가 예정된 약속도,
의도도 없었지만
어쩐지 오늘은
그가 있을 것 같다는 생각이 들었다.

#

노출 콘크리트 계단을 오르는 발걸음이
조금 더 조심스러웠다.

그리고 예상처럼—
그는 거기 있었다.

지후는 바람에 머리카락을 흩날리며
햇빛에 눈을 찡그리고 앉아 있었다.

그녀를 보자
그는 자리에서 일어나지도,
말을 하지도 않았다.

윤서 역시 아무 말 없이
그 옆자리에 조용히 앉았다.

#
두 사람 사이에는
손끝만큼의 거리.
그러나 그 사이에는
몇 년간 말하지 못했던 마음이 머물러 있었다.

"잘 지냈어?"
지후가 먼저 입을 열었다.
윤서는 고개를 끄덕였다.

"응. 가끔 그랬어."
"난…… 매일은 아니었어.

근데 너 없는 시간이 너무 정직해서
내가 뭐였는지 잊을 뻔했어."

 #

바람이 불었다.
풀잎들이 한쪽으로 기울고,
하늘에는 구름이 길게 지나갔다.
윤서는 작게 숨을 쉬었다.
그리고 말했다.

"우리,
이름 없이 다시 시작하면 어때?"
지후는 잠시 조용히 있다가,
그녀의 손등에 손을 얹었다.

"좋아.
그냥,
오늘 여기서부터."

 #

솔밤이 조용히
두 사람 사이에 내려앉았다.
그 작은 부엉이는

변함없는 눈빛으로
그들을 지켜보고 있었다.

솔밤이 온기를 담아 말을 건넸다.

"말이 필요 없는 순간은
 사랑이 너무 오래 살아 있었던 증거야.
 이제 너희는
 떠나지 않아도 돼."

 #

둘은 아무 말 없이
햇빛이 기울 때까지
그 자리에서 나란히 앉아 있었다.
손은 맞닿지 않았지만
온기가 닿았다.

 #

그날 이후,
그들은 매주 한 번
정원에서 마주 앉았다.
아무것도 묻지 않았고,
아무것도 약속하지 않았지만

그 자리에 있는 것만으로
충분했다.

정원은 다시
'우리'의 공간이 되었다.

2035년 – 이름 없는 나무 아래서

장소: 달과정원
등장 캐릭터: 윤서, 지후, 밤비

달과정원의 남쪽 끝.
의자와 의자 사이,
작은 나무 한 그루가 있었다.

그건 2030년 어느 봄날,
윤서와 지후가 처음으로 함께 심은 나무였다.

이름도 표식도 없었다.

"이건,
 우리가 다시 말하지 않아도 되는 감정이 자라나는 나무야."
 지후가 그렇게 말했고,
 윤서는 고개를 끄덕였다.
 그 나무는 5년 만에
 잎이 가득하고 줄기가 단단해졌다.

그날,
정원엔 부드러운 바람이 불었다.
지후는 작은 상자를 품에 안고
먼저 정원에 올랐다.
그리고 그 나무 아래
얇은 담요를 펴고
그 위에 손글씨로 쓴 편지 한 장과
밤비 인형 하나를 꺼내 조심스럽게 놓았다.

#

밤비는
처음 윤서에게 내밀었던 인형이기도 했다.

불안과 망설임,
눈물 많은 사랑을 대변하던 부엉이.

이제는,
그 모든 시간이 지나
두 사람 곁에 가장 오래 남은 친구였다.

밤비가 온화한 목소리로 말을 건넸다.

"가장 깊은 사랑은
다시 돌아왔을 때 시작된다.

그것은, 기다림의 증거이자
다시 사랑할 수 있다는 확신이야."

#

윤서가 계단을 올라왔다.
지후는 말없이 그녀를 맞이했고,
그녀는 밤비를 보는 순간
모든 것을 알아차렸다.

지후는 작은 상자를 열어
가느다란 실 반지를 내밀었다.

"결혼하자는 말보다
더 오래 머무르자는 말이 먼저 떠올랐어."
윤서는 아무 말 없이
손을 내밀었다.

반지가 그녀 손가락에 끼워졌고,
작고 얇은 금속이
빛보다도 조용하게 반짝였다.

\#

그날 밤,
달은 크게 떴다.
그들은 이름 없는 나무 아래 나란히 앉아
작은 도시락을 나눠 먹었고,
서로의 어깨에 머리를 기댔다.

말이 없었지만
서로가 지금 어떤 마음인지
명확히 알 수 있었다.

\#

정원은 침묵으로 가득 찼고,
그 침묵은
두 사람의 약속을 지켜주는 언어가 되었다.

2037년 – 달이 뜨는 시간에

장소: 달과정원
등장 캐릭터: 윤서, 지후, 구름(재등장)

늦여름 저녁.
하늘은 뿌옇게 달아올랐고
달은 아직 떠오르지 않았다.
지후는 정원에 먼저 와 있었다.

바로 어제,
그의 마지막 다큐멘터리 〈기억을 걷는 사람들〉이
국제영화제에서 상영을 마쳤다.
박수도 받았고, 상도 받았다.
하지만 그의 마음은
이 순간만을 기다리고 있었다.

#
윤서가 도착했을 때
정원은 조용했고,
지후는 작은 가죽 노트를 펼쳐

흑백 사진을 한 장 꺼내놓고 있었다.
윤서는 그 사진을 들여다보았다.

"이건……"
"우리.

2005년 가을,
흰빛문고 앞에서 찍힌 그림자.
처음 만났던 날."

윤서는 고개를 숙였다.
심장이 조금 빨리 뛰기 시작했다.

#

"난,
지금까지 너와의 시간들을
한 장면도 잊지 않았어."
지후는 말을 이었다.

"기억은……
돌아보는 게 아니라
앞으로 데리고 가야 하는 거더라고."
그리고 그는

그녀의 손을 잡았다.
"윤서야,
우리 이제 같이 살자."

#

그 말은 조용했지만
그 어떤 고백보다 진심이었다.
윤서는 눈을 감았다.
그리고 천천히,
그의 손을 꼭 잡았다.
"그래.
같이 살자.
기억도, 하루도,
이 정원도 전부."

#

그 순간,
달이 떠올랐다.

서쪽 하늘,
인왕산 능선을 타고 둥글게 오르던 달.
그 빛이 정원 위에 쏟아졌고,
두 사람의 어깨에 내려앉았다.

그 밤,
지후와 윤서는
달빛 아래에서 입을 맞췄다.

\#

그리고 정원의 나무 아래,
작은 부엉이 하나가 조용히 몸을 돌렸다.

구름.
언제나 흐릿한 감정을 안고 있었던 부엉이.
이제는,
그 흐릿함마저
빛으로 덮여 있었다.

구름이 두 사람에게 속삭였다.

"긴 여정 끝에 도착한 사랑은
더 이상 증명되지 않아도 되는 감정이야.
이제,
사랑은 살아가는 방식이 되었다."

2040년 – 새로운 정원

장소: 달과정원 뒤편, 두 사람의 정원
등장 캐릭터: 윤서, 지후, 인곡(재등장)

2040년 봄.
달과정원 뒤편,
작은 주택의 마당에
정원을 만들기 시작했다.

돌담을 따라
허브를 심고,
한쪽 모퉁이에 감귤나무 묘목을 옮겨 심었다.

윤서는 정원 바닥에 손을 대고
흙의 결을 읽었다.

"여기……
이제 우리가 하루를 살게 될 정원이야."
지후가 말했다.

#

정원의 이름은 없었다.
그저 '우리 집 뒤편 정원.'
하지만 그 안에는
이름보다 더 오래 남을 기억과 손길이 자라고 있었다.

아침이면 윤서가 물을 주었고,
지후는 돌 틈에 앉아 사진을 찍었다.

둘은 말없이
햇빛을 나눴고,
저녁이면 커피를 마시며
그날의 가장 조용한 순간을 함께 기다렸다.

#

하루는
지후가 작은 돌 하나를 주워
정원 가장자리에 놓았다.

그 위에 손으로 글자를 새겼다.

'있다.'
윤서가 물었다.

"뭐가 있어?"
"우리.
아무 말도 안 해도,
여기 우리가 있다는 뜻이야."

#

밤이면 두 사람은
정원 끝 의자에 나란히 앉아
하늘을 바라봤다.
달은 여전히 높이 떴고,
나무는 조용히 잎을 흔들었다.

#

어느 날,
인곡몬스터즈에서 다시 찾아온
인곡이 현관 앞에 놓여 있었다.

오래전부터
윤서와 지후를 지켜보던
가장 묵직하고 조용한 부엉이.
그날 인곡은 말 없이 그들을 바라봤다.

인곡이 낮지만 힘이 실린 목소리로 말했다.

"이제 너희는
기다리지 않아도 되는 사람들이다.
이미 함께 있고,
함께 살아가고 있으니까."

#

정원은 꽃을 피우기 시작했고,
허브 사이로 작은 새들이 날아들었다.

사랑은 말로 고백되지 않아도
돌담 너머 향기로,
흙 위의 발자국으로 남아
조용히 살아가고 있었다.

그리고
그들이 매일 마주 앉는 벤치에는
누군가 앉았다 가는 듯
따뜻한 온기가 오래 머물렀다.

2043년 – 편지 없는 봄

장소: 인곡몬스터즈 아카이브, 윤서와 지후의 집
등장 캐릭터: 윤서, 수현, 해인, 이든, 현우, 은주, 민재, 무영의 메시지

봄이었다.
벚꽃은 빠르게 피고,
더 빠르게 졌다.

윤서는 그 해 봄
지후의 낡은 카메라를
인곡몬스터즈 아카이브에 맡기기 위해
기록 보관실을 정리하다
한 폴더를 우연히 발견했다.

이름도 없이,
날짜조차 흐릿하게 저장된
짧은 영상 하나.
파일명은
'Y_Still.mp4'

#

윤서는 밤이 되어서야
조용히 재생 버튼을 눌렀다.
영상 속에는
지후가 있었다.
작은 조명 아래,
조용한 목소리로 말하는 그.
"윤서야,
이건 편지가 아니야.
그냥,
네가 없는 순간에
내가 남겨두고 싶었던 말들."

#

그 영상 속 지후는
웃지 않았다.
그 대신
말끝마다 조용히 숨을 쉬었고,
눈빛에 많은 감정이 담겨 있었다.

"우리가 다시 만난 건
기적이 아니라,
필연이었어."

"그리고 지금……
내가 다시 너 없이 살아간다면,
그건 진짜 나로 살아가는 게 아닐 거야."

#

영상은 3분이었지만,
윤서는 그 3분 동안
몇 해의 감정을 다시 흘려보냈다.

눈물은 천천히,
그러나 멈추지 않고 흘렀다.

그 밤,
그녀는 영상이 끝난 후
창을 열고 말했다.

"고마워.
말 대신,
기억으로 남겨줘서."

#

며칠 뒤,
윤서는 지후의 영상 일기와

함께 찍었던 사진들을 모아
인곡몬스터즈 한쪽에 작은 전시 공간을 열었다.

전시 이름은
〈말 없는 편지〉
사진 옆에는
그와 함께 정원에 올랐던 사람들의
짧은 글귀가 걸렸다.

수현:
"지후 선배는 정원을 '감정의 회복실'이라고 불렀어요."

"거기선 누구도 감정을 숨기지 않았으니까요."

해인:
"그 사람의 눈엔 늘 윤서가 있었어요."
"나는 그걸 부러워하지 않고, 그냥 바라봤어요."

현우:
"다큐보다 더 다큐 같은 사랑을 했던 사람."

민재:
"지후는 떠났지만,

그 사람의 카메라는 지금도 사람들 얼굴을 찍고 있어요."

이든:
"윤서쌤은……
사랑이 어떻게 글이 되는지를 보여준 사람이에요."

은주:
"둘이 함께 정원에서 마시던 커피 향,
지금도 내 아침 기억 속에 있어요."

무영의 메모:
"언젠가 당신의 이야기를 시로 써도 되나요?"

윤서는 전시 마지막 벽면에
 지후가 영상에서 마지막으로 남긴 문장을 손글씨로 적었다.

"사랑은 말하지 않아도
 누군가의 하루를 바꾸는 방식으로 남아."

#
그날 이후,
윤서는 정원에 혼자 오르지 않았다.

늘 누군가가 먼저 와 있었고,
늘 누군가의 감정이 머물러 있었고,
그 모든 시간이
지후의 마지막 말처럼
누군가의 하루를 바꾸고 있었다.

2045년 – 달이 머무는 곳

장소: 달과정원
등장 캐릭터: 윤서, 인곡(재등장), 수현, 이든, 무영(편지로)

정원엔 봄이 다 가고
초여름의 바람이 불었다.
풀은 짙게 자랐고,
나무는 그림자를 넓게 드리웠다.

윤서는 오랜만에
혼자 계단을 올라갔다.

하지만 오늘은
어떤 외로움도 없었다.

그녀는 이미
수많은 감정의 계절을 지나왔기 때문이었다.

#
정원 한가운데,

'이름 없는 나무' 아래
인곡이 놓여 있었다.
묵직한 돌 부엉이,
윤서와 지후가 함께 처음 마주했던 존재.
그 아래,
누군가 다녀간 흔적처럼
짧은 편지가 한 장 있었다.

#

"윤서 씨,
나는 아직도 그날의 시를 기억해요.

우리가 정원에서 나눈 그 짧은 문장.
당신의 시간이 어떤지 궁금했지만,
이제는 알고 있어요.
당신은 여전히
사랑을 살고 있었던 사람이었어요.
– 무영"

#

윤서는 조용히 웃었다.
그리고 노트북을 꺼내,
오늘도 글을 쓰기 시작했다.

글의 제목은

〈달이 머무는 곳〉
그녀는 글 속에서
지후와 처음 만났던 순간,
다시 사랑을 나누었던 밤,
스쳐간 사랑들,
다양한 사람들이 정원에 남긴 말들,
그리고 말 없이 떠난 이들까지
전부 담아내고 있었다.

#

해가 질 무렵,
수현과 이든이 조용히 정원으로 올라왔다.
수현은 윤서 옆에 앉았고,
이든은 이름 없는 나무 아래 손을 얹었다.

"여긴……
그 사람과 함께한 마지막 장소죠?"
윤서는 고개를 끄덕였다.

"그 사람은……
여기 계속 머물러 있어요.

나랑 같이."

#
그날 정원은 유난히 밝았다.
별이 일찍 떴고,
달은 노란 빛으로 떠올랐다.
그리고
그 달빛 아래,
윤서는 마지막 글의 마지막 문장을 썼다.

"당신이 떠난 자리에서
나는 여전히 하루를 살고 있어요.
하지만 당신은 떠난 게 아니라,
이 정원 안에 머물러 있어요.
이곳이 바로—
우리가 함께한 모든 사랑이
다시 피어나는 곳이니까요."

#
그녀는 노트북을 덮고
달을 바라봤다.
바람이 불었고,
새들이 울었다.

그리고 윤서는 알았다.

더 이상 기다리지 않아도 된다는 걸.
그 사랑은 끝난 게 아니라,
그대로
살아 있는 시간으로
머무르고 있다는 것.

| 에필로그 |

이야기 공동체를 꿈꾸는
오미자 작가 vs 오미자 프로젝트

　오미자는 영화를 사랑하는 작가로, 한 편의 영화에서 받은 영감을 바탕으로 소설『옥류동, 달과정원』을 구상했다. 작품의 주요 배경은 실제로 존재하는 경복궁 옆 서촌의 복합문화교육공간 옥류동, 달과정원 건물이며, 인왕산 아래 자리한 옥류동 각자바위와 꿈속에서 등장한 부엉이 캐릭터가 가상의 공간으로 더해졌다.

　그가 펼쳐내는 이야기는 누구에게나 존재하는 첫사랑처럼 아련하면서도, 과거와 현재, 미래가 겹쳐져 하나의 시간 속에 녹아든다. 이 세계에서는 실제 인물과 디지털 캐릭터가 공존하며, 독자들은 현실과 가상이 혼재된 새로운 서사를 마주하게 된다.

또한 오미자 작가는 누구나 AI 도구를 활용해 자신의 이야기를 책으로 만들어낼 수 있다는 가능성을 직접 보여주고자 한다. 가장 힘들었던 순간, 자신이 가장 좋아하는 영화와 문학을 통해 내면의 생각과 마음을 이야기로 표현하며 느낀 재미와 치유를, 독자들 역시 함께 경험하길 바라는 것이다.

이러한 시도는 단순한 창작을 넘어, "누구나 오미자 작가가 될 수 있다"는 철학을 담은 '오미자 프로젝트'의 일환이다. 여기서 오미자는 실존하는 예명이지만, 동시에 실재하지 않는 가상의 인물로 설정된다. 이는 곧 소설의 본질이 이야기이며, 이야기의 본질이 화자와 독자, 너와 나, 그리고 우리가 함께 써 내려가는 역사라는 믿음을 반영한다.

따라서 오미자 프로젝트는 창작을 넘어서는 하나의 이야기 공동체적 실험이다. 우리는 이야기를 만들고 나누는 과정을 통해 서로의 삶을 비추고, 공감과 치유를 경험하게 된다. 오미자 작가는 꿈과 현실, 가상과 실재, 과거·현재·미래가 뒤섞인 공간 속에서 AI가 빚어낸 이야기들이 어떤 울림과 시너지를 만들어낼지 독자와 함께 탐구하며, 그 가능성 속으로 우리를 초대하고 있다.

| 서평 |

"첫사랑의 아련함에서 AI의 상상까지, 새로운 서사 실험"

이슬(문학평론가)

 『옥류동, 달과정원』은 경복궁 옆 서촌의 실제 공간을 무대로, 현실과 꿈, 과거와 미래, 인간과 디지털 캐릭터가 교차하는 독특한 소설이다. 특히 인왕산 아래 옥류동 각자바위와 복합문화공간 '달과정원'이라는 실재의 장소 위에, 작가가 꿈에서 만난 부엉이 캐릭터들이 등장하면서 이야기는 가상과 실재가 겹쳐진 새로운 차원을 만들어낸다.

 이 소설의 가장 큰 특징은 시간과 공간의 혼합이다. 등장인물들은 첫사랑의 아련한 기억 속을 오가면서도, 현재의 삶을 살아내고, 동시에 미래를 향한 상상을 펼친다. 이러한 구조는 독자에 게 단순한 이야기 이상의 경험을 선사한다. 마치 한 편의 영화 속 장면을 따라가듯, 현실과 환상이 겹쳐지는 순간마다 독자는 "이야기란 무엇인가?"라는 본질적 질문을 마주하게 된다.

또 하나 주목할 점은 이야기 공동체적 성격이다. 『옥류동, 달과정원』은 한 사람의 고백이나 서사에 머물지 않는다. AI와 인간의 협업, 디지털 캐릭터와 실존 인물이 함께 빚어낸 이야기 속에서, 독자는 자신도 참여할 수 있는 열린 공간을 발견한다. 이는 곧 "누구나 오미자 작가가 될 수 있다"는 오미자 프로젝트의 철학을 잘 보여준다.

읽는 내내 이 소설은 서정적이면서도 실험적인 문체로 독자의 감각을 자극한다. 첫사랑의 떨림, 관계의 상처, 그리고 삶을 지탱하는 치유의 순간들이 현실과 환상을 오가며 그려지는데, 이는 단순한 문학적 장치가 아니라 공감과 치유의 가능성을 탐구하는 작가의 의도를 담고 있다.

『옥류동, 달과정원』은 결국 한 편의 소설이라기보다 삶과 이야기에 대한 철학적 실험이다. 이야기를 읽는 것이 곧 살아가는 것이고, 살아가는 것이 곧 이야기가 된다는 메시지. 이 작품은 독자에게 문학이 아직도 인간의 가장 본질적인 질문에 답할 수 있음을 보여준다.